RAZAS DE PERROS FAVORITAS

LOS HUSKY SIBERIANOS

por Mary Ellen Klukow

AMICUS | AMICUS INK

Amicus High Interest y Amicus Ink están publicados por Amicus
P.O. Box 227, Mankato, MN 56002
www.amicuspublishing.us

Información del Catálogo de publicaciones de la Biblioteca del Congreso

Names: Klukow, Mary Ellen, author.
Title: Los husky siberianos / by Mary Ellen Klukow.
Other titles: Siberian huskies. Spanish
Description: Mankato, Minnesota : Amicus/Amicus Ink, [2020] | Series: Razas de perros favoritas | Audience: Age 7. | Audience: K to Grade 3. |Includes index. |
Identifi ers: LCCN 2018054515 (print) | LCCN 2018055580 (ebook) | ISBN 9781681519197 (eBook) | ISBN 9781681518930 (hardcover)
Subjects: LCSH: Siberian husky--Juvenile literature.
Classifi cation: LCC SF429.S65 (ebook) | LCC SF429.S65 K5818 2020 (print) | DDC 636.73--dc23
LC record available at https://lccn.loc.gov/2018054515

Créditos de las imágenes: iStock/GlobalP tapa; Shutterstock/Nataliya Sdobnikova 2, 24; iStock/Bessudov_Sergey 5; Getty/Jason Edwards 6–7; Getty/Bojana Korach 8–9; Getty/kadmy 10; Getty/Bettmann 13; iStock/FelixRenaud 14–15; Alamy/blickwinkel 17; Shutterstock/ANURAK PONGPATIMET 18; iStock/kali9 20–21; Shutterstock/Eric Isselee 22

Editora: Alissa Thielges
Diseñador: Ciara Beitlich
Investigación fotográfica: Holly Young

TABLA DE CONTENIDO

NO ES UN LOBO

¿Es eso un lobo? ¡No! Es un husky siberiano. Los husky son una raza de perro popular. Son conocidos por ser inteligentes y activos.

Hechos peludos

El husky siberiano suele llamarse husky. Algunos los llaman siberianos.

PELAJE CALIENTE

El husky tiene un pelaje grueso. Lo mantiene caliente en climas helados. Su cola es larga y tupida. Puede cubrirse la nariz con la cola cuando se acuesta. Eso mantiene su cara caliente.

Hechos peludos

Los husky se mantienen tan calientes que prefieren estar afuera en el invierno.

OJOS COLORIDOS

La mayoría de los perros tienen ojos marrones. Los husky pueden tener ojos marrones o azules. ¡Los ojos de algunos husky son **desiguales**! Tienen un ojo azul y un ojo marrón.

PERROS DE TRINEO

Los husky son una de las razas de perros más antiguas. Fueron criados en Siberia. Los husky fueron creados para ser **perros de trineo**. Tiraban de los trineos a través de la nieve.

HÉROES

En 1925, los husky salvaron la ciudad de Nome, Alaska. La gente moría de **difteria**. Los perros de trineo les llevaron medicina cuando nadie más podía hacerlo. Salvaron a 10,000 personas.

Hechos peludos

Balto lideraba el equipo que fue a Nome. Él era un husky.

BALTO

ARTISTAS ESCAPISTAS

Los husky son **artistas escapistas**. Son conocidos por escapar de casi cualquier lugar. Pueden cavar y pasar por debajo de las cercas. Pueden saltar por encima de las cercas. Los husky son fuertes.

Hechos peludos

¡Un husky mordisqueó concreto para escapar!

PERROS RUIDOSOS

Los husky no solo se ven como lobos. También aúllan como lobos. La mayoría de los perros ladran. A los husky les gusta aullar. ¡Sus aullidos son ruidosos! Son perros **ruidosos**.

CACHORROS

Las madres husky tienen de cuatro a seis cachorros en una **camada**. Los cachorros nacen todos con sus marcas. Su madre les enseñará a aullar.

ANIMALES DE JAURÍA

Los husky son más felices cuando están con otros perros o personas. Fueron criados para trabajar en equipo. Les gusta socializar. Los husky aman a sus familias.

¿CÓMO SABES QUE ES UN HUSKY SIBERIANO?

PALABRAS QUE DEBES CONOCER

artista escapista: alguien o algo que puede salir de casi cualquier lugar

camada: un grupo de cachorros todos nacidos al mismo tiempo de la misma madre

desigual: que no está bien emparejado; no coincide

difteria: una enfermedad que produce fiebre y dolor de garganta; la gente puede morir por ello

perro de trineo: un perro cuyo trabajo es tirar de un trineo por la nieve

ruidoso: que habla mucho o fuerte; un perro que es ruidoso ladra, gime o aulla mucho

ÍNDICE